Mi abuela, la loca

José Ignacio Valenzuela

Mi abuela, la loca

Primera edición: abril de 2015

Penguin Random House Grupo Editorial, S. A. de C. V.
Blvd. Miguel de Cervantes Saavedra 301, piso 1
col. Granada, del. Miguel Hidalgo
C. P. 11520, México, D. F.

www.megustaleer.com.mx

Comentarios sobre la edición y el contenido de este libro a:
megustaleer@penguinrandomhouse.com

ISBN 978-607-11-3691-6

Impreso en México / *Printed in Mexico*

Para mi Titá y su lunar.

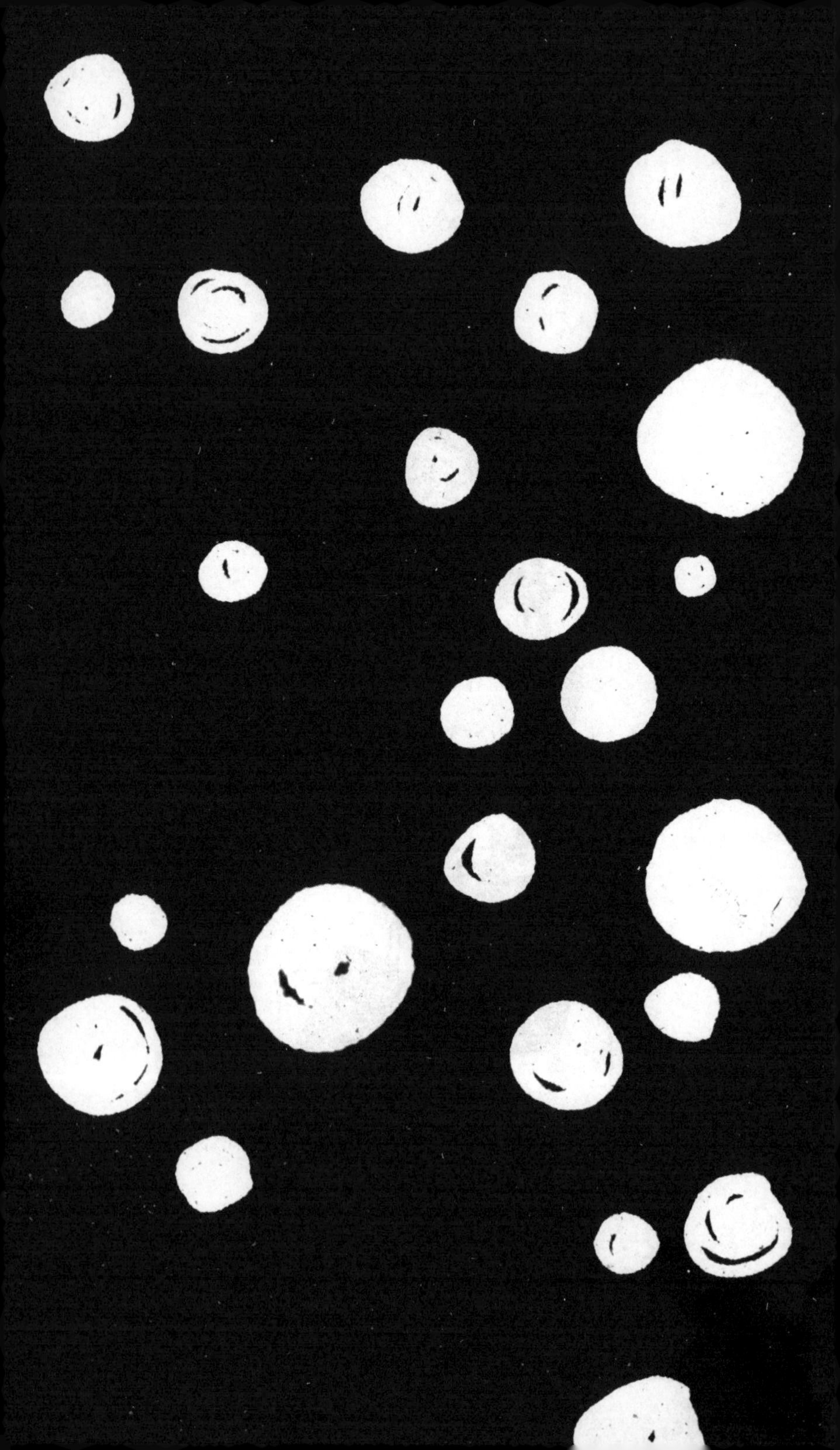

Cap. Uno

Mi abuela tiene la culpa de todo. Sí, ¡de todo! Porque siempre hay alguien **culpable** de que uno haga lo que hace, ¿cierto? O de que a uno le guste eso que tanto le gusta. O de que a uno no le guste eso que nunca le ha gustado.

Bueno, pues en mi caso la responsable de todo es mi abuela. ¿Y por qué? Sencillamente, porque mi abuela está **LOCA**.

Estoy seguro de que cuando digo la palabra abuela, todo el mundo de inmediato se imagina a una señora encantadora, de cabellos blancos recogidos con esmero en un moño sobre su nuca, con sonrisa de **hada madrina** y ojos tan dulces como dos luciérnagas enamoradas. Además, esa abuela que todos imaginan se sienta cada tarde en una **mecedora** a tejer largas y coloridas bufandas, y se alegra hasta las lágrimas cada vez que sus nietos van a visitarla. Entonces, porque es una gran y cariñosa abuela, se encierra en la cocina a preparar **GALLETITAS** de jengibre que sirve acompañadas de un espumoso vaso de leche con chocolate.

¿A poco ésa no es una abuela maravillosa?

Pues mi abuela es **todo lo contrario**.

Mi abuela tiene el pelo negro, muy negro. Se lo peina igual desde el día en que la conocí, o sea desde que nací. Es un peinado algo extraño y difícil de explicar: es como si se hubiera esponjado el cabello desde la raíz, porque lo tiene muy levantado. Cuando yo era más pequeño, pensaba que metía papel **periódico arrugado debajo** de la primera capa de su pelo, para que su peinado se viera siempre así. Después descubrí que su secreto era echarse litros de spray fijador cada mañana para mantenerlo en su sitio a lo largo del día. La verdad es que de lejos el cabello de mi abuela se ve igual que la cabeza de **DARTH VADER**, el villano de *La guerra de las galaxias.*

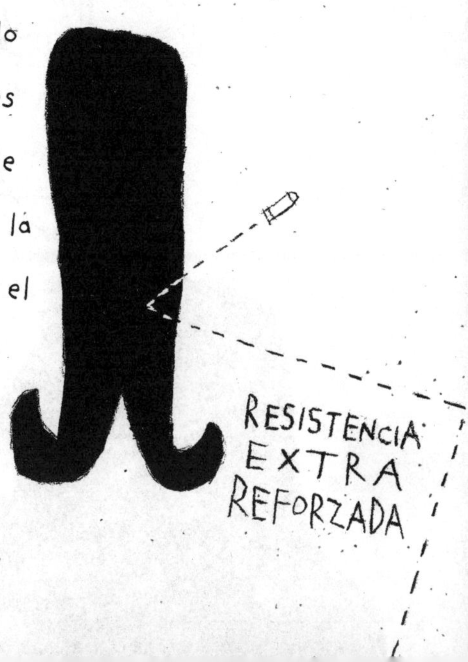

RESISTENCIA
EXTRA
REFORZADA

¡PERFECTA TÉCNICA!

Además, por culpa de todo el aerosol que usa, su pelo le queda tan duro como un casco de motocicleta. Tanto que he llegado a pensar que si alguna vez hay un incendio, lo mejor que podría pasarme es estar junto a mi abuela. Si de pronto me veo acorralado por las llamas, la solución es muy simple: tomar a mi abuela en brazos y con su **pelo de piedra** puedo romper los vidrios de alguna ventana.

PETUNIAS

Es una suerte tener una abuela que puede salvarte la vida.

Mi abuela se llama Petunia. Para los que no lo sepan, Petunia es el nombre de una flor de colores muy bonitos que siempre parece estar en primavera. Aunque no sé por qué la mamá de mi abuela le puso así. Mi abuela nunca se viste con ropa de color. Por el contrario, siempre usa faldas o pantalones **negros**, blusas **NEGRAS**, y un pañuelo largo que se coloca alrededor del cuello. Un pañuelo también **negro**, por supuesto. Tan negro como su pelo, o como el lunar falso que se pinta sobre el labio superior.

Sí. Porque además de peinarse el cabello como el casco del **VILLANO** de *La guerra de las galaxias*, mi abuela se pinta un lunar falso. También dice que la vida fue muy injusta, ya que ella es mucho **más sexy que Marilyn Monroe**. Y que si alguien se merecía un coqueto lunar sobre el labio era ella y no esa actriz rubia que jugaba a hacer películas. Por eso todas las mañanas, además de echarse el frasco entero de spray en la cabeza, mi abuela saca de un estuche repleto de cosméticos usados y muy viejos un pequeño lápiz que parece un pincel. Pero no es un pincel: es un lápiz especial para pintar lunares. Lo humedece en la punta de la lengua, lo apoya sobre su piel, hace un giro rápido para dejar estampado su famoso lunar falso... **¡y listo!**

Lo más importante que hay que saber sobre ese lunar es que el lugar de la cara donde mi abuela se lo dibuje indica su estado de ánimo de ese día.

Ésa es su manera de comunicarse con nosotros sus nietos. Y uno sabe que tiene que hacerles caso a esas señales, porque ella está loca y a las abuelas locas nunca, **nunca se les contradice**.

Si mi abuela se pinta el lunar a la **DERECHA** del labio superior, significa que está contenta. Entonces, si uno la va a ver y ella abre la puerta con el lunar en esa ubicación, uno respira aliviado y entra a la casa sabiendo que todo va a estar bien. Es un gran alivio.

En cambio, si ella se lo dibuja al lado **izquierdo**, quiere decir que está triste y que lo más probable es que se esté acordando del día en que murió mi abuelo, o de cuando un temblor le hizo pedazos un hermoso jarrón que había sido de su **TATARABUELA**. Lo mejor que uno puede hacer en esas ocasiones es decirle que ese día amaneció **mucho más joven que el día anterior**, y así tratar de hacerla sonreír. Aunque casi nunca tengo éxito alegrando a mi abuela cuando se pinta el lunar en el lado izquierdo de la cara. Creo que en su cabeza la pena siempre es más fuerte que la alegría, porque es **muy difícil** hacerla cambiar de estado de ánimo.

Cuando ella dibuja su lunar en el lado derecho del mentón, debajo de la boca, significa que está **FURIOSA**, y lo mejor que podemos hacer es salir corriendo lo más lejos posible. Una abuela loca y fúrica es cosa seria. Yo la he visto dos veces con el lunar al lado derecho del mentón y, la verdad, parecía otra persona. La primera, discutía con una vecina no sé por qué razones y estuvo a punto de **incendiarle**

la casa sólo con la mirada. La segunda ocasión fue cuando la peluquera se equivocó al hacer su trabajo y le cortó el cabello más de la cuenta. Mi abuela se convirtió en un **HURACÁN** y todos los que estábamos cerca de ella la vimos llegar echando humo de coraje y encerrarse en su cuarto mientras gritaba que no iba a salir de ahí hasta que el pelo le volviera a crecer.

EN RESUMEN:

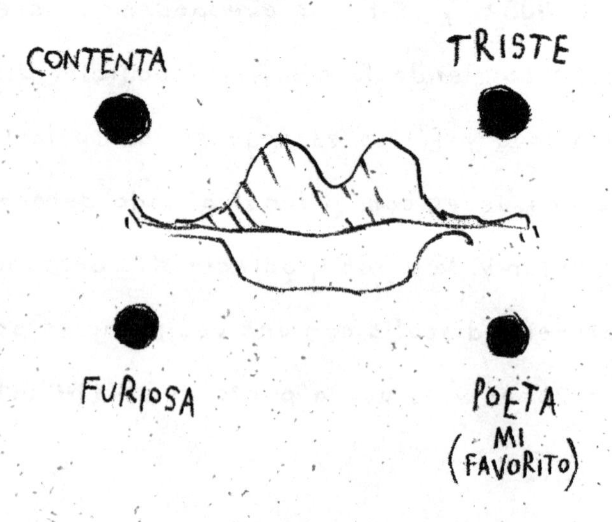

La última **posición para su lunar falso** es la que más me gusta: cuando se lo pinta en el lado izquierdo del mentón, bajo el labio inferior. Significa que quiere estar sola para sentarse a escribir.

Porque mi abuela, **además de loca, es poeta**.

Y precisamente por culpa de la poesía de mi abuela, yo terminé siendo quien soy.

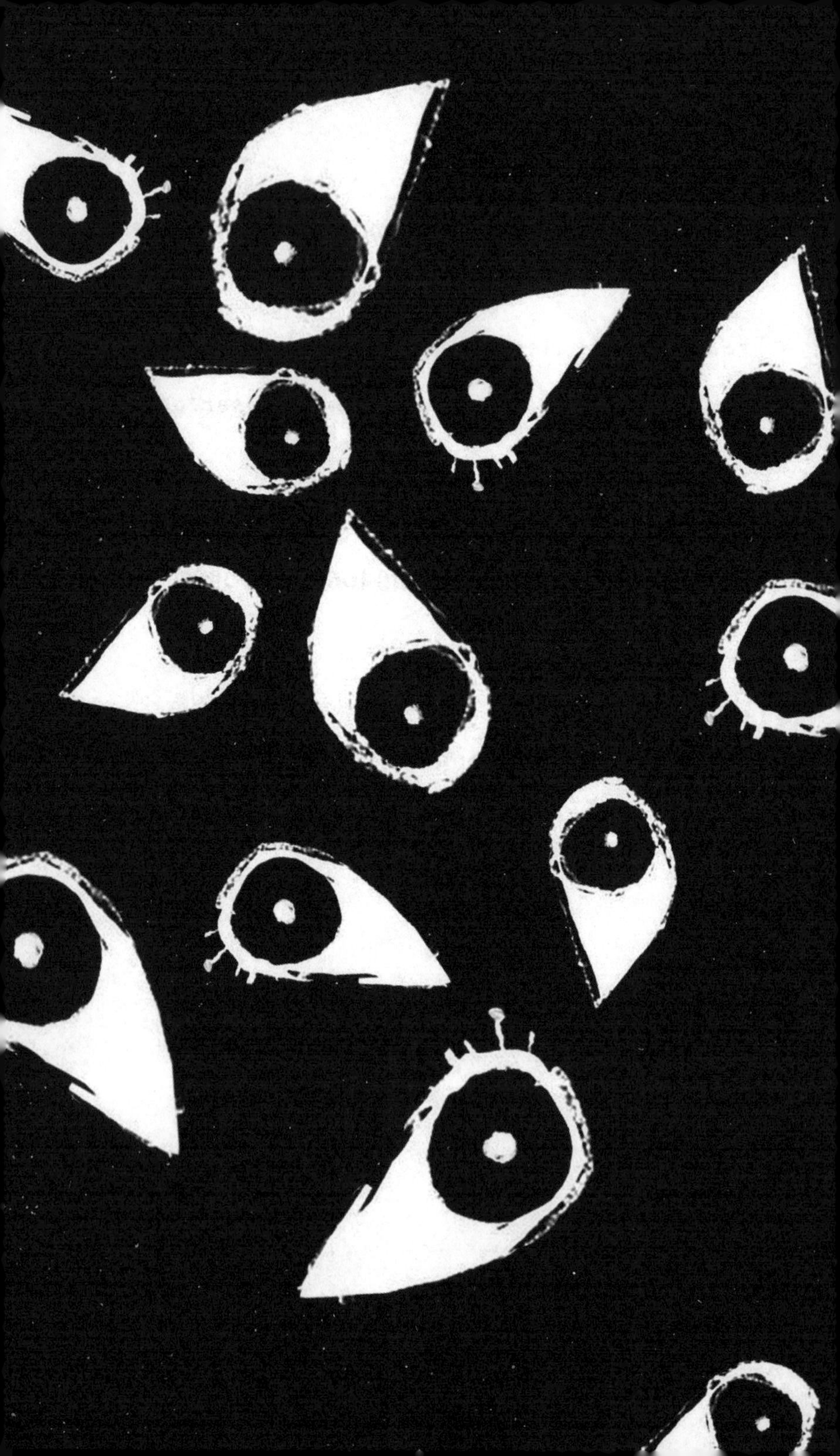

Cap. Dos

Pido perdón por no haberme presentado antes. Me llamo Vicente y hace mucho, mucho tiempo tenía la misma edad que ustedes tienen ahora. Fue entonces que ocurrieron las cosas que les voy a seguir contando.

¿Ya dije que mi abuela Petunia está loca? Pero no loca de necesitar una camisa de fuerza, ni de tener que irse de urgencia a un manicomio. Es otro tipo de locura. **Una locura distinta**. Una que parece normal pero no lo es. Y cuando uno es un nerd, que no habla mucho ni hace muchas preguntas, es más difícil descubrir **DE QUÉ CLASE DE LOCURA SE TRATA**. Porque si uno ve a mi abuela sentada en la sala, conversando con alguna amiga o caminando por la calle con una bolsa de supermercado en la mano, no diría que está loca. Para nada. Por el contrario. Uno diría que es una señora bastante normal, un poco rara, tal vez, por culpa de ese lunar falso que se pinta en la cara. Se podría pensar que a lo mejor es un poco **excéntrica** gracias al **sombrerito verde con plumas** que saca de su clóset en ocasiones importantes, y que se acomoda encima de su pelo endurecido por el spray fijador. Incluso cuando se encierra en su cuarto a escribir sus poemas, parece una persona común y corriente sentada frente a un

viejo escritorio de madera, mientras pone los ojos en blanco y muerde el lápiz en busca de lo que ella llama

LA INSPIRACIÓN.

A veces pienso que sólo yo podía darme cuenta de que mi abuela estaba loca.

Y fue su locura la que **ME CAMBIÓ LA VIDA**. ¿Cómo? Bueno, todo comenzó cuando un día mi mamá dijo:

—Acabo de conseguir trabajo.

Yo me alegré mucho, porque lo único que había escuchado decir a mi madre en el último tiempo era:

—No consigo trabajo por ninguna parte.

Pero ahora, mientras mi padre, ella y yo cenábamos, dijo lo opuesto y todos lo celebramos mucho. Mi padre aplaudió y **mi madre hizo una reverencia** mientras yo hacía sonar el tenedor contra el vaso, como si fuera un instrumento musical.

—**Y para que lo sepas**, desde mañana el autobús de la escuela te va a llevar directamente a casa de tu abuela —dijo mamá sin darme tiempo a reaccionar—. Ya no voy a estar aquí para recibirte después de clases. ¿Está claro, Vicente?

No supe qué contestar. Ante mi **SILENCIO**, ambos me explicaron que cuando salieran de sus respectivos trabajos se turnarían para pasar a buscarme a casa de mi abuela, y nos reuniríamos los tres para cenar juntos, como todos los

días. No tenía que preocuparme por nada. Mi madre ya le había dado al chofer del autobús la nueva dirección donde tenía que llevarme.

Antes de recoger los platos y salir hacia la cocina, me dio un consejo:

—Pórtate bien en casa de tu abuela. **TÚ SABES CÓMO ES ELLA**.

Sí, claro que yo sabía cómo era mi abuela. De hecho, quizá era el único que realmente sabía cómo era ella. Y por eso mismo no quería que me llevaran a su casa después de clases.

Esa noche, mientras me dormía, hice muchos planes pensando en cómo iba a evitar que el autobús me dejara frente a su residencia. Cuando la imaginé saliendo a recibirme con su sombrerito verde de plumas, el lunar más grande que nunca dibujado sobre el labio, y una **falda corta** que dejaba ver una buena parte de sus piernas, la **vergüenza** de que mis compañeros de curso la vieran así desde el interior del vehículo,

tan distinta a todas las otras abuelas del mundo,

me paralizó la respiración e hizo que me sentara de golpe en la cama. ¿Y si comenzaba a recitar uno de sus poemas ahí en la calle, mientras yo bajaba del camión?

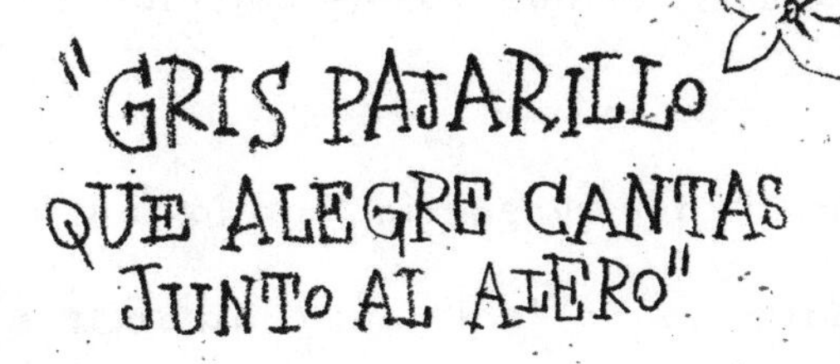

Eso recitaría a todo volumen, con una sonrisa burlona en los labios, y sólo para obligarme a entrar rápido a su casa y así no exponerse mucho tiempo a los rayos del sol.

¿Ya les dije que mi abuela no toma sol para no arrugarse la piel? Es que a ella no le gusta tener la edad que tiene, por eso **siempre miente cuando le preguntan.** No. No podía permitir que mi abuela me arruinara el resto de mi vida. ¡Y mucho menos frente a todos mis compañeros de colegio!

Quién iba a decir que sucedería todo lo contrario... Pero claro, yo no tenía cómo **adivinar el futuro**.

Cap. Tres

Las cortinas en casa de mi abuela están siempre cerradas. Siempre. A ella no le gusta que entre la luz del sol a través de los enormes ventanales de la sala ni de su recámara, porque dice que la tela de los sillones se destiñe y que la piel de los humanos se llena de **MANCHAS Y ARRUGAS**.

Tanto la tela de sus sillones como la piel de su cara deben haber sido muy, muy importantes para ella, porque jamás permitió que alguien abriera las **cortinas**.

Bueno, sí, sólo una vez las abrió, y fue por mi culpa. Pero la razón de por qué mi abuela hizo eso la contaré un poco más adelante.

Como los rayos del sol nunca pudieron entrar y recorrer los pasillos y las habitaciones, el interior de la residencia de mi abuela siempre estuvo **FRÍO Y EN PENUMBRAS**. Era como si un eterno invierno se hubiera quedado instalado entre las paredes, cosa que a ella parecía gustarle mucho. Eso le permitía usar en cualquier época del año sus gruesos pantalones negros y una larguísima bufanda que hacía juego con el sombrerito verde de plumas. El mismo sombrerito con el que salía a recibirme cada vez que el autobús escolar me depositaba frente a su casa. Yo me bajaba apurado, **sorteando con habilidad las burlas** de mis compañeros, que se reían a gritos de ella, señalándola a través de los cristales de las ventanas, muy erguida con su lunar falso y su peinado de Darth Vader en el umbral de la puerta.

—Buenas tardes, mijito —solía decirme—.

¿Ganaste algún premio hoy en el colegio?

Algo que no les he dicho es que mi abuela siempre tuvo la enorme obsesión por ganar un premio, aunque, hasta donde sé, nunca se lo dieron. Cada vez que terminaba un poema, exclamaba llena de esperanza:

—¡Con estos versos sí me gano un premio!

Pero el premio no llegó. Nunca. Desilusionada de los jueces que no reconocían su talento, depositó entonces todas las esperanzas en sus hijos. Pero como ellos no se mostraron nunca interesados en escribir un sólo verso ni mucho menos un poema, tampoco ganaron un premio. Entonces a mi abuela no le quedó más que confiar en que entre sus nietos hubiera un posible poeta que algún día destacara en un certamen literario, para llenarla a ella de orgullo y satisfacción.

Siendo honestos, las cosas no pintaban bien para las **ansias de reconocimiento** de mi abuela.

Un día, mi abuela entró sorpresivamente a la sala donde yo estaba sentado en el sofá haciendo mis tareas. Tengo que decir que los nerds como yo, invisibles y callados, somos los mejores cumpliendo con nuestras obligaciones escolares. No necesitamos que nadie nos empuje a abrir nuestras mochilas para sacar cuadernos o libros. Podemos pasarnos **la tarde entera revisando el diccionario** en busca de la palabra precisa para nuestra asignación. Además, no incomodamos a nadie: como no hacemos ruido nos camuflamos y disimulamos a la perfección, y nuestro mayor desorden consiste en desparramar lápices para subrayar con diferentes colores lo importante de cada lección que estamos estudiando.

Y yo siempre fui nerd. **EL REY DE LOS NERDS.**

Mi abuela atravesó la sala de su casa, firme y decidida. Con cada paso, su pañuelo de seda negro se agitaba como una mariposa viuda alrededor de su cuello. Se detuvo unos instantes, como si fuera a decirme algo. La vi apretar los labios. Su lunar falso se arrugó junto con sus comisuras, **preparándose para lanzar una exclamación**. Pensé que quería recitarme su último poema o que iba a regañarme por haber dejado la mochila sucia sobre el sillón que tanto cuidaba de los rayos solares. Pero no. Ante mi sorpresa, avanzó hacia la ventana y de un certero movimiento **DESCORRIÓ LA CORTINA**.

Entonces el **sol** entró por primera vez a su casa. Todo se vio distinto cuando esa brillante luz amarilla tocó con suavidad y respeto los adornos, muebles, paredes y alfombras. Lo que siempre me pareció opaco y oscuro se vio de pronto vibrante y colorido. Descubrí que los muros eran realmente de un color rosa suave y no grises como siempre pensé. Y cuando comenzaba a descubrir la variedad de diferentes tonalidades en los dibujos de los cojines del sillón, mi abuela se acercó a mí y me clavó su mirada tan negra y redonda como el lunar falso sobre su labio.

—**¿QUÉ VES ALLÁ AFUERA?** —preguntó.

Uno de sus dedos señaló hacia el jardín que, por primera vez, se apreciaba a través de los inmaculados cristales del enorme ventanal de la sala.

Yo sabía que mi abuela estaba loca. Pero al parecer ese día había despertado **peor que de costumbre**. Estiré el cuello y dejé que mis ojos recorrieran por un segundo el patio al que nadie salía, porque mi abuela no dejaba que los zapatos se mancharan con la tierra húmeda del césped en verano, o que la ropa se llenara de hojas secas en invierno. Pero ahora la falta de cortinas me permitió apreciar una gran enredadera que cubría la pared del fondo, y una larguísima hilera de flores que bordeaba la terraza.

—¿Qué ves allí? —insistió.

—Un jardín —contesté, aunque algo en mi interior me decía que ésa no era la respuesta que ella necesitaba.

—Un jardín, sí. Muy bien —asintió—. ¡**ME ALEGRA QUE POR FIN ESTÉS HABLANDO**, muchachito!

Los nerds somos así: silenciosos. Preferimos escribir, sumar, restar, leer nuestros libros de Historia, antes que hablar. ¿Acaso mi abuela no entendía eso?

—¿Y qué ves en el jardín? —volvió a preguntar.

Yo dejé que mis ojos saltaran de la enredadera a las flores. De las flores al césped. Y del césped al enorme árbol que crecía en medio del patio. Un árbol tan grande que parecía un **enorme paraguas de madera** cubierto de hojas.

—Un árbol —dije. Y la sonrisa en el rostro de mi abuela me hizo saber que esta vez había acertado en mi respuesta.

—Un árbol, sí —afirmó—. ¿Y cómo describirías a un árbol, Vicente, sin nombrar las palabras tronco y ramas?

Se produjo un silencio. Yo pensé que mi abuela se había vuelto más loca que de costumbre, pero me extrañó que nadie me lo hubiera avisado. Aunque, por alguna razón, el que siempre parecía darse cuenta de su locura era yo, porque ni mis padres, ni mis tíos, ni tampoco mis primos hablaban de eso. ¿Cómo podría **DESCRIBIR UN ÁRBOL SIN DECIR LAS PALABRAS TRONCO Y RAMAS** si lo que hace que un árbol sea un árbol es precisamente que tiene tronco y ramas?

—No se puede, abuela —contesté en un suspiro.

¡NUEVO RÉCORD DE ALTURA!
5.98

Mi abuela levantó una de sus cejas. Sólo una: la izquierda. Y ella **siempre levanta esa ceja** cuando está a punto de enojarse, cuando algo le molesta de tal manera que incluso está considerando la idea de **BORRARSE EL LUNAR** para volver a pintárselo en el lado derecho del mentón, debajo de la boca. Y como ya les he contado, yo sólo la he visto dos veces con su lunar en ese lugar y fue **terrible**. No, no estaba dispuesto a provocar una tercera ocasión.

—¡Estoy pensando! —aclaré, y dejé que mis ojos subieran y bajaran por el enorme árbol que permanecía inmóvil en el jardín, sin imaginarse todo lo que su presencia había provocado al interior de la casa.

Abrí la boca y **dejé que mi lengua hablara**.

Entonces comenzaron a salir palabras que no sé de qué parte de mi cuerpo vinieron, pero me imagino que de mi corazón ya que las dije con la mayor sinceridad que pude:

—¿Se vale si digo que un árbol es un gigante de madera, que extiende muy contento sus brazos con hojas hacia el cielo...?

Mi abuela se quedó unos instantes en total silencio. Muda. Sin moverse. Abrió un poco más los ojos, y eso que ella casi no los abre para **NO ARRUGARSE MÁS DE LA CUENTA**. Asintió con la cabeza y su voz sonó algo desafinada cuando dijo:

—Sí, se vale. Claro que se vale. ¡Se vale y mucho!

Estoy seguro de que ese día, ese preciso día, yo dejé de ser un nerd invisible y mi abuela me vio, **¡ME VIO REALMENTE!**, por primera vez.

Y claro, ese día también me convertí en su nieto favorito.

Cap. Cuatro

Lo peor que puede pasar cuando tienes una abuela loca es que los demás se den cuenta. Sobre todo si los demás son tus compañeros de curso, los mismos que se ríen y se burlan de ti porque no te gusta jugar al futbol en el recreo y prefieres quedarte en el salón de clases, o sentado cómodamente en un pasillo, leyendo una y otra vez tu libro favorito. La única vez en mi vida que jugué a la pelota, me

tropecé con mis propios pies a poco de comenzar el partido y terminé en el hospital, con un diente roto y varios puntos en el labio. Además, el pasto siempre me ha dado alergia y cuando empiezo a estornudar no hay quien detenga mis **ESTRUENDOS Y SACUDIDAS DE CUERPO**.

No, lo mío no son los deportes.

Por eso cuando el autobús escolar, con todos mis compañeros de colegio adentro, se estacionó frente a la casa de mi abuela Petunia y vi que ella ya estaba afuera, casi en la calle, esperándome con una sonrisa y su falso lunar pintado más negro que nunca, me puse **nervioso de inmediato**. Por lo general ella espera a que el camión haga sonar la bocina, o que yo toque el timbre, para abrirme la puerta y dejarme entrar.

MODALIDAD:
ABUELA CONSENTIDORA

Pero esta vez las cosas eran distintas.

Bueno, la verdad, **todo fue distinto** desde que ella abrió la cortina de su sala y me hizo mirar hacia el jardín. Desde el preciso momento en que le respondí que un árbol era un gigante de madera, con sus brazos llenos de hojas extendiéndose hacia el cielo. Desde ese día, los ojos de mi abuela me miraron mucho más. Incluso comenzó a ofrecerme **REFRESCO Y GALLETAS** cuando terminaba de hacer mis tareas y me quedaba sin nada que hacer.

—¡Mira lo que te traje como premio por haber estudiado tanto! —decía, y su lunar falso parecía bailar de gusto sobre el labio superior.

Sí, sin duda mi abuela estaba enloqueciendo cada día un poco más.

Al verla en la acera, muy sonriente y con el sombrero verde sobre su peinado de Darth Vader, supe al instante que algo anormal estaba sucediendo. Durante unos segundos dudé si bajarme o no del autobús. Pero al escuchar las primeras **risotadas** de mis compañeros, que se pegaron a los cristales del vehículo para poder verla mejor, comprendí que tenía que actuar rápido. No iba a dejar que se siguieran burlando de mí, y ahora por culpa de mi abuela.

Ella comenzó a hacerme señas con ambas manos para que descendiera. Parecía apurada por algo. ¿Por qué estaría **tan ansiosa** de que entrara pronto a su casa?

CLAC CLAC
CLAC
CLAC

—¡Nos vamos al parque! —exclamó llena de entusiasmo apenas pisé el cemento de la banqueta. ¿Mi abuela quería llevarme al parque? ¿A mí...?

Yo ni siquiera sabía que mi abuela estaba enterada de que existía un parque a unas cuadras de su casa.

Sin que yo pudiera evitarlo, se echó a andar calle abajo. No me quedó más remedio que seguirla a ella y a la pluma verde de su sombrero, que se bamboleaba con cada paso y **ME SEÑALABA LA RUTA** como la flecha de una brújula.

—Gris pajarillo que moras bajo el alero de mi ventana, siento tus trinos y gorjeos que nacen puros de tu garganta —fue recitando las tres calles que recorrimos juntos—. Y en un **susurro de pluma y seda** veo que agitas tus tibias alas...

¿Qué ocurría? ¿Qué hacía mi abuela tan sonriente caminando bajo los rayos del sol, que hasta ese momento había sido **su peor y más terrible enemigo**? ¿En qué momento ella decidió quererme de esta manera tan extraña que la hacía salir a pasear conmigo por el barrio y dejar atrás la sombra protectora del interior de su casa?

—¡Mira! —señaló cuando llegamos a la enorme plaza, que lucía un pasto muy verde, flores multicolores en todas las esquinas, y la estatua de un señor muy serio que miraba el horizonte con ojos de aventurero.

Yo seguí con la vista el rumbo que apuntó su dedo. A algunos metros de distancia vi a unos niños de mi edad que jugaban a elevar un enorme papalote por encima de los cables eléctricos y de las copas de los árboles. Un papalote que

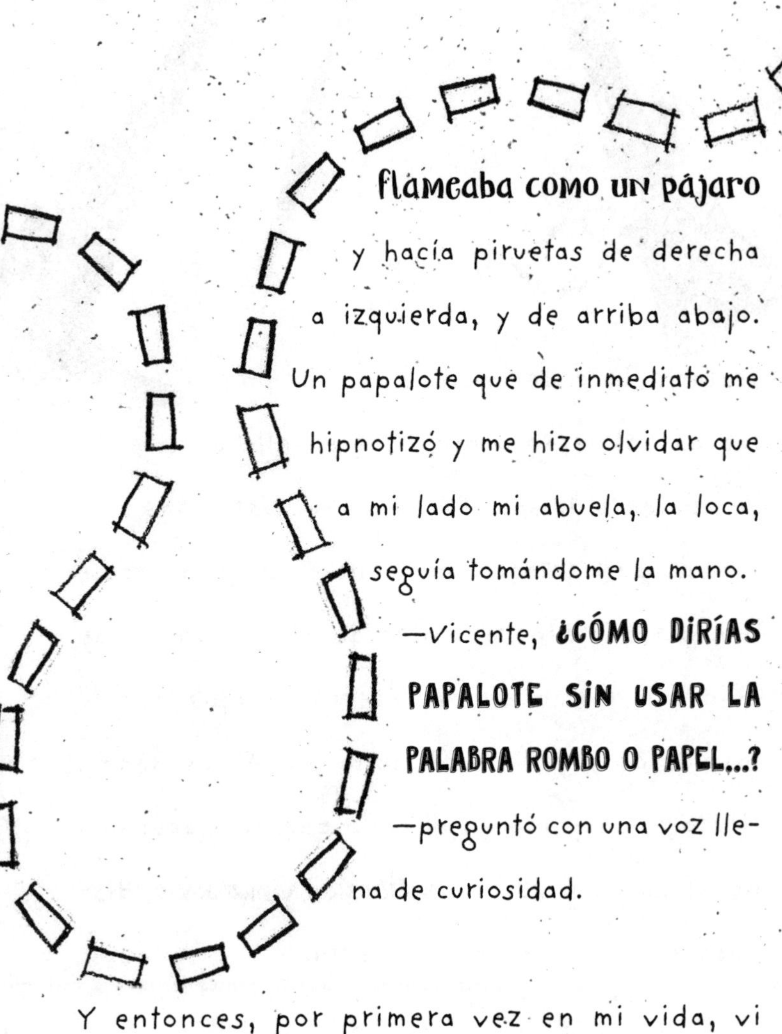

flameaba como un pájaro

y hacía piruetas de derecha

a izquierda, y de arriba abajo.

Un papalote que de inmediato me

hipnotizó y me hizo olvidar que

a mi lado mi abuela, la loca,

seguía tomándome la mano.

—Vicente, **¿CÓMO DIRÍAS PAPALOTE SIN USAR LA PALABRA ROMBO O PAPEL...?**

—preguntó con una voz llena de curiosidad.

Y entonces, por primera vez en mi vida, vi en el rostro de mi abuela un gesto de enorme ilusión y orgullo ante lo que yo pudiera contestarle. La esperanza de que mis palabras volvieran a provocar en ella un sentimiento de satisfacción me asustó unos instantes, pero también me llenó de alegría. Nadie nunca había esperado algo de mí de manera tan evidente. Mi abuela entrecerró los ojos, apretó los labios y retuvo mi mano entre sus dedos. Hasta el papalote en el cielo pareció hacer una pausa en medio de sus **volteretas y maromas**, dispuesto a escuchar mi respuesta.

Abrí mi boca y dejé, una vez más, que fuera mi lengua la que hablara:

—¿Se vale si digo que un papalote es un parche de color cosido en la piel del cielo? —murmuré sin estar muy seguro de la **EFECTIVIDAD DE MIS PALABRAS**.

Por toda réplica, mi abuela comenzó a caminar. Una vez más, la pluma de su sombrero me hizo señas para que la siguiera. Sin entender qué estaba sucediendo, avancé tras ella y la acompañé hasta una librería que quedaba en la calle frente al parque. Desde la puerta, sin atreverme a entrar, la vi hablar con la vendedora, que se alejó unos pasos y regresó con algo entre las manos que no alcancé a ver. Mi abuela Petunia asintió y se giró hacia mí con la sonrisa más grande y luminosa que alguien me ha dedicado.

—Toma, Vicente. Esto es para ti —dijo muy solemne—. Es un premio por ser como eres.

Resultó que el regalo era una hermosa libreta de tapas verdes y páginas cuadriculadas, que guardé celosamente durante muchos, muchísimos años, en el cajón de mi escritorio. Y sí, es la misma libreta que usé para escribir uno de mis libros más importantes. La misma libreta en la que redacté sin cesar hasta que no hubo más espacio donde continuar anotando nada. La misma libreta que, de tanto estar dentro de mi mochila o sobre mi mesita de noche, se convirtió en mi mejor amiga.

Qué ganas de poder contárselo a mi abuela.

Pero claro, eso ya es imposible.

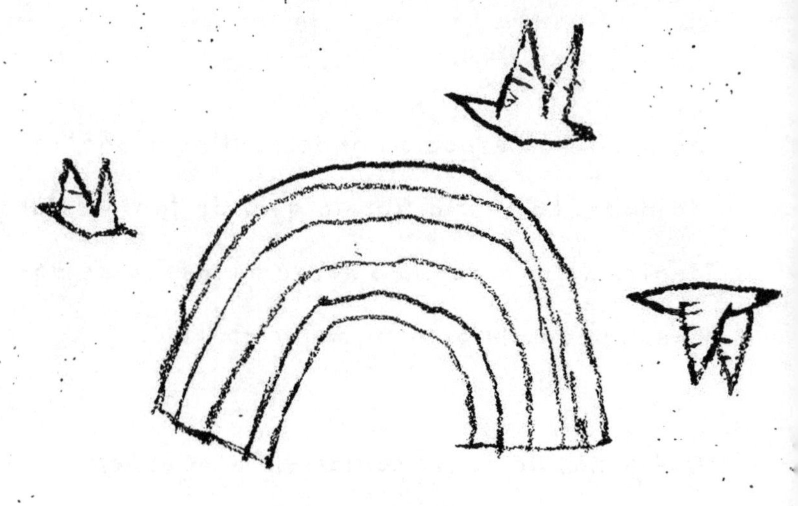

Cap. Cinco

Ahora, lo único que quiero cada día es que se acaben pronto las clases para llegar rápido a ver a mi abuela. Ya ni siquiera escucho las risas y las burlas de mis compañeros en el autobús durante el trayecto hacia su casa. Cuando veo su lunar y la pluma verde que me saludan desde la banqueta, me dan ganas de reír.

¿Será por eso que ahora sonrío mucho más que antes?

Cap. Seis

¡VICENTE ES UN POETA!

Y resultó que un día cualquiera, así, sin previo aviso, mi abuela les anunció a mis padres que yo era un poeta.

Habían ido a buscarme una noche después de sus respectivos trabajos, cansados y con ganas de irse pronto a nuestra casa para cenar y acostarse a dormir. Pero mi abuela Petunia los retuvo en la puerta y, luego de anunciarles con una voz muy seria que tenía algo muy importante que decirles, los invitó a entrar.

—**¿Pasó algo que yo no sepa?** —preguntó asustada mi mamá.

—Claro que sí. Pasaron muchísimas cosas, mijita —contestó ella.

—¿Buenas? —mi mamá se iba poniendo más pálida a cada segundo.

El lunar de mi abuela pareció sonreír sobre su labio superior. Cuando los tres entraron a la sala, me vieron sentado en el sofá, **NERVIOSO, ABRAZADO A MI MOCHILA** llena de cuadernos y libros, intuyendo que algo muy, muy importante, estaba a punto de suceder.

—**¡¿Qué hiciste?!** —exclamó mi papá y avanzó algo amenazante hacia el sillón donde yo me encontraba.

No supe qué responder. Algo me confirmaba que, en efecto, las cosas habían cambiado para siempre entre mi abuela y yo. Desde que descubrimos que nos entreteníamos **juntos jugando** a describir de maneras poco habituales palabras tan comunes como árbol, papalote, sol o pájaro, mi abuela, la loca, parecía disfrutar cada vez más con mi presencia en su casa.

Y, la verdad, yo también me entretenía mucho con ella.

Apenas me bajaba del camión de la escuela y me abría la puerta para que entrara, me acompañaba dando **SALTITOS LLENOS DE ENTUSIASMO** hasta la sala, donde me acomodaba entre los cojines para darme un refresco con galletas. Luego de eso, me dejaba en paz para que hiciera mis tareas. Aunque fingía irse a hacer sus cosas al segundo piso, yo la veía **por el rabillo del ojo** asomarse cada quince minutos a través de la puerta, analizándome con la mirada para descubrir si ya había terminado con mis deberes de Matemáticas o Historia. Cuando por fin me veía cerrar los cuadernos, entraba con una enorme sonrisa en el rostro y, con un gesto de **directora de orquesta**, me señalaba hacia el jardín. Así, los dos salíamos a recostarnos en el pasto para empezar a jugar.

Mientras otros nietos y abuelas jugaban con una pelota, o con muñecas, o trompos, o autos en miniatura, **NOSOTROS JUGÁBAMOS CON LAS PALABRAS.**

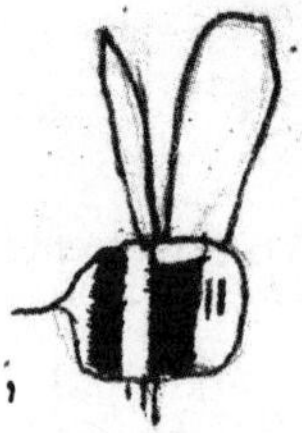

Esa misma tarde, de hecho, el dedo de mi abuela, largo y flaco como la rama de un árbol medio seco, había señalado una mariposa que se elevó sorpresivamente desde una de las flores del patio.

—¡Rápido, Vicente! —me urgió con entusiasmo—. ¿Cómo dirías mariposa sin decir alas ni colores?

Dejé que mis pupilas siguieran el delicado movimiento de aquellas alas casi transparentes pero tan vibrantes al mismo tiempo. **PLAF. PLAF. PLAF.** hacían con cada movimiento. Una

vez más, las palabras llegaron sin que yo hiciera mucho esfuerzo:

—**¿Se vale si digo** que una mariposa es el aplauso de un pequeño arcoíris que flota en el cielo? —respondí.

Ella, como siempre, no dijo nada. Pero sus ojos parecieron aplaudir igual que la mariposa, que aleteó cerca de nosotros unos segundos antes de perderse entre las ramas del enorme árbol del jardín.

¿Pero cómo podía explicarle a mi padre lo que ocurría entre mi abuela y yo, si ni yo mismo comprendía de qué se trataba?

—¡Contéstame! —**volvió a bufar mi papá**—. ¡¿Qué hiciste para que tu abuela quiera hablar con nosotros?!

—Nada. Mi nieto no ha hecho nada —dijo ella muy seria—. Les tengo una noticia. Y necesito toda su atención.

Apenas mi mamá le tomó asustada la mano a mi padre, se le borró el color rojo de la boca. Siempre le sucede eso cuando se pone nerviosa. Desde que yo era chico. Supongo que como es hija de mi abuela, también le pasan esas cosas poco comunes, cosas raras que no le pasan al resto de la gente. Recuerdo que la única vez que jugué a la pelota, como ya les dije, me tropecé con mis propios pies y **aterricé de un porrazo en el suelo.** Al levantarme, vi un pequeño charco de sangre en la tierra. De inmediato sentí un sabor amargo en la boca y mi lengua se metió en un hueco nuevo entre mis dientes. Al alzar la vista, descubrí que mi mamá había salido apurada del interior de la casa porque escuchó mi grito de dolor. Abrió enormes los ojos, aterrada al verme en ese estado, y de inmediato sus labios se pusieron tan pálidos como los de un fantasma. O los de un **zombi recién convertido**. O los de un vampiro que todavía no ha empezado a chupar sangre ajena. Fue la primera vez que descubrí que ella tenía ese extraño poder. Le volvió a pasar cuando casi me atropellaron un día que me solté de su mano y traté de cruzar solo la calle. O cuando la despidieron de su trabajo.

—Vicente es un poeta —anunció mi abuela y abrió los brazos igual que un actor que termina una obra de teatro y espera a que se cierre el telón.

Mi papá y mi mamá se quedaron en total silencio con cara de "¿Eso era todo?". Yo pude escuchar unos grillos que hacían **CRI CRI CRI** en el jardín.

—Eso es lo más importante que ha pasado en la familia —continuó mi abuela Petunia al ver que nadie decía nada—. ¡Este niño es un verdadero artista!

—Bueno, **el padre del artista está hambriento** y cansado —dijo mi papá en medio de un bostezo—. ¿Ya podemos irnos?

Mi abuela corrió hacia la puerta de la sala, sacudiendo con cada paso su cabello negro y en-

durecido por el fijador, y les bloqueó la salida con su cuerpo.

—**¡De aquí no se va nadie** hasta que me juren que Vicente va a seguir viniendo todos los días, incluso cuando se haya acabado el colegio! —exigió—. Él y yo todavía tenemos muchísimo que hacer juntos. ¿Verdad, muchacho? —me dijo y me guiñó el ojo.

Yo asentí sin pensarlo dos veces.

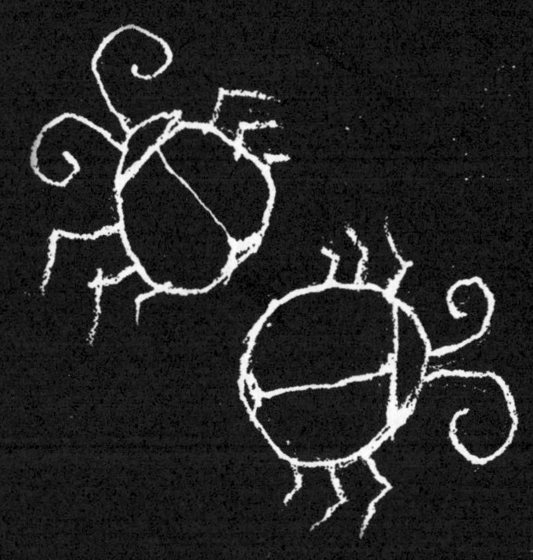

Cap. Siete

Cierra los ojos, Vicente —dijo mi abuela—. Pero bien cerrados.

—¿Así?

—No, sin hacer trampa. ¿Ya los tienes cerrados?

—Sí.

—Muy bien. Ahora extiende tu mano hacia las flores que están a tu lado. ¡Sin mirar!

—Bueno. ¿Qué más...?

—Eso. Así. Pasa con suavidad tus dedos sobre sus pétalos. ¿Los sientes? ¿Sientes los pétalos de la rosa que estás tocando?

—Sí...

—Descríbeme lo que estás sintiendo.

—No puedo describir nada si tengo los ojos cerrados, abuela.

—¿Y quién te enseñó esa mentira? —exclamó endureciendo el tono de su voz—. Eso no es verdad. De hecho, uno siempre describe mejor las cosas con los ojos cerrados. ¿Y sabes por qué?

—No...

—Porque uno las describe con el corazón y no con los ojos. Los ojos engañan, Vicente. Mienten. Confunden. Pero el corazón nunca se equivoca. ¿Me entiendes?

—Más o menos, abuela.

—Vamos a ver... Descríbeme la flor que estás tocando sólo con tus sentidos.

—Está un poco fría...

—Muy bien. ¿Y?

—Es suavecita... Muy suave.

—¿Y de qué color es esa suavidad?

—Ay, abuela, pero si la suavidad no tiene color.

—Claro que sí.

—¿Sí...?

—Es sólo que la gente no se da cuenta. Pero los niños como tú, sí. Porque saben ver con el corazón, y no sólo con los ojos. Vamos, dime. ¿De qué color es esa suavidad...?

—Es... no sé...

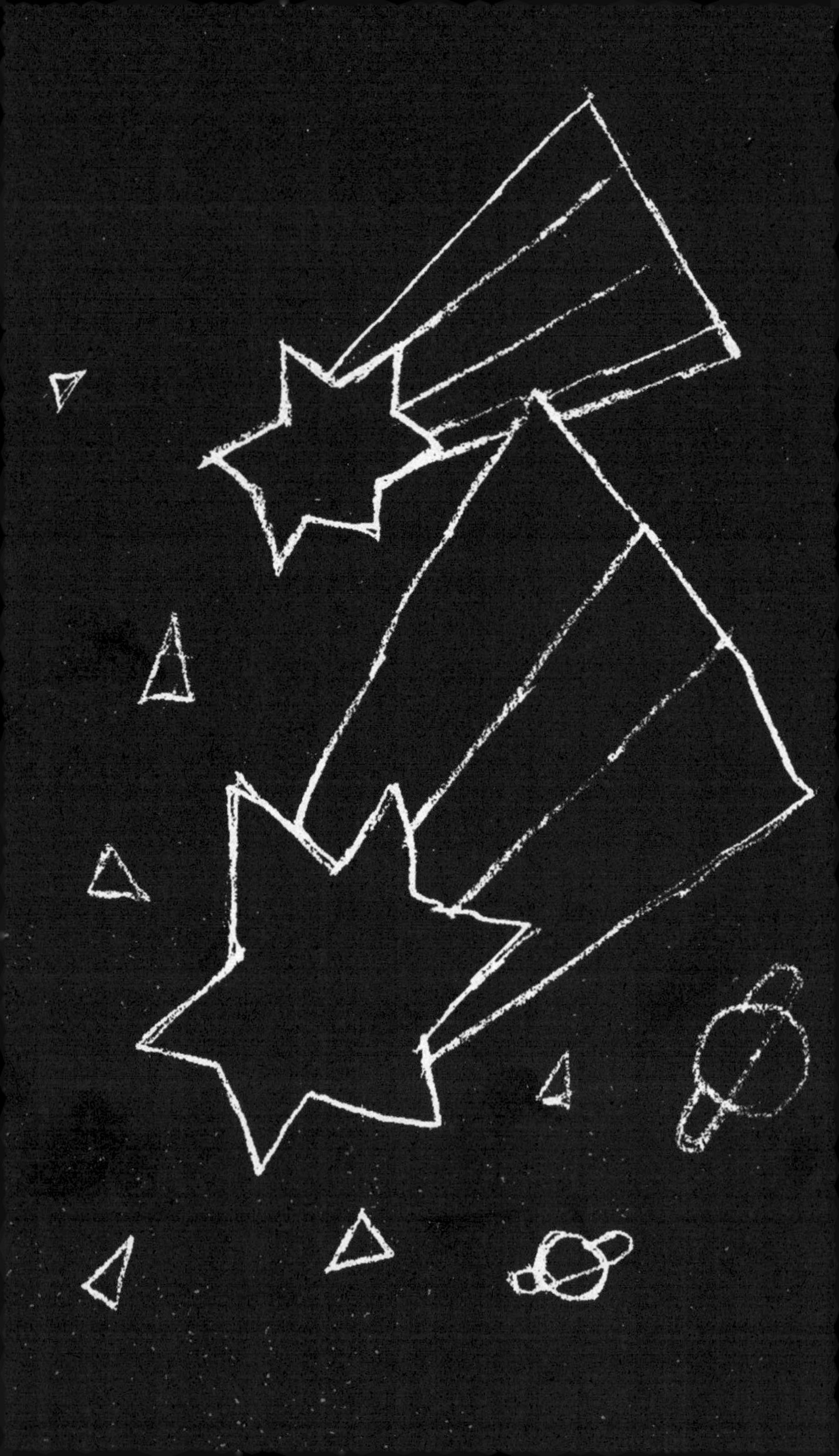

—¡Claro que sabes, Vicente! —insistió.

—¿Amarilla...?

—Una suavidad amarilla.

—Sí, abuela. Es amarilla.

—Me gusta. ¿Y por qué es amarilla?

—Porque la suavidad está hecha de sol, como la flor.

—Muy bien, Vicente, muy bien. ¡Yo sabía que tú no me ibas a defraudar!

—¿Qué significa defraudar?

—Defraudar es cuando todas las esperanzas e ilusiones que has puesto en alguien no han valido la pena... Y te quedas triste porque esa persona de alguna manera te falló.

—¿Y yo no te fallé, abuela?

—¿Tú? ¡Todo lo contrario, muchachito! Todo lo contrario —respondió, y su mano acarició mi pelo—. No abras los ojos.

—No, no los voy a abrir.

—¿Ahora sientes el viento?

—Sí... Claro que lo siento.

—¿Dónde lo sientes?

—En el pelo... en mi cara...

—¿Y qué te dice el viento?

—Se está riendo.

—¿Sí...? ¿Y por qué?

—Porque las ramas de los árboles le hacen cosquillas. Y él es muy cosquilloso. ¿Tú sabías que al viento le gusta mucho reírse?

—No, Vicente, no tenía idea.

—Él es muy alegre, abuela. Por eso siempre está soplando, porque así son sus carcajadas. Puro aire.

—¿Y de qué color es el viento?

—Es verde, porque se tiñe con las hojas de los árboles cuando pasa por encima de ellas.

—Claro, cómo no lo había pensado. El viento es verde.

—¡Y ahora lo estoy viendo, abuela, aunque tengo

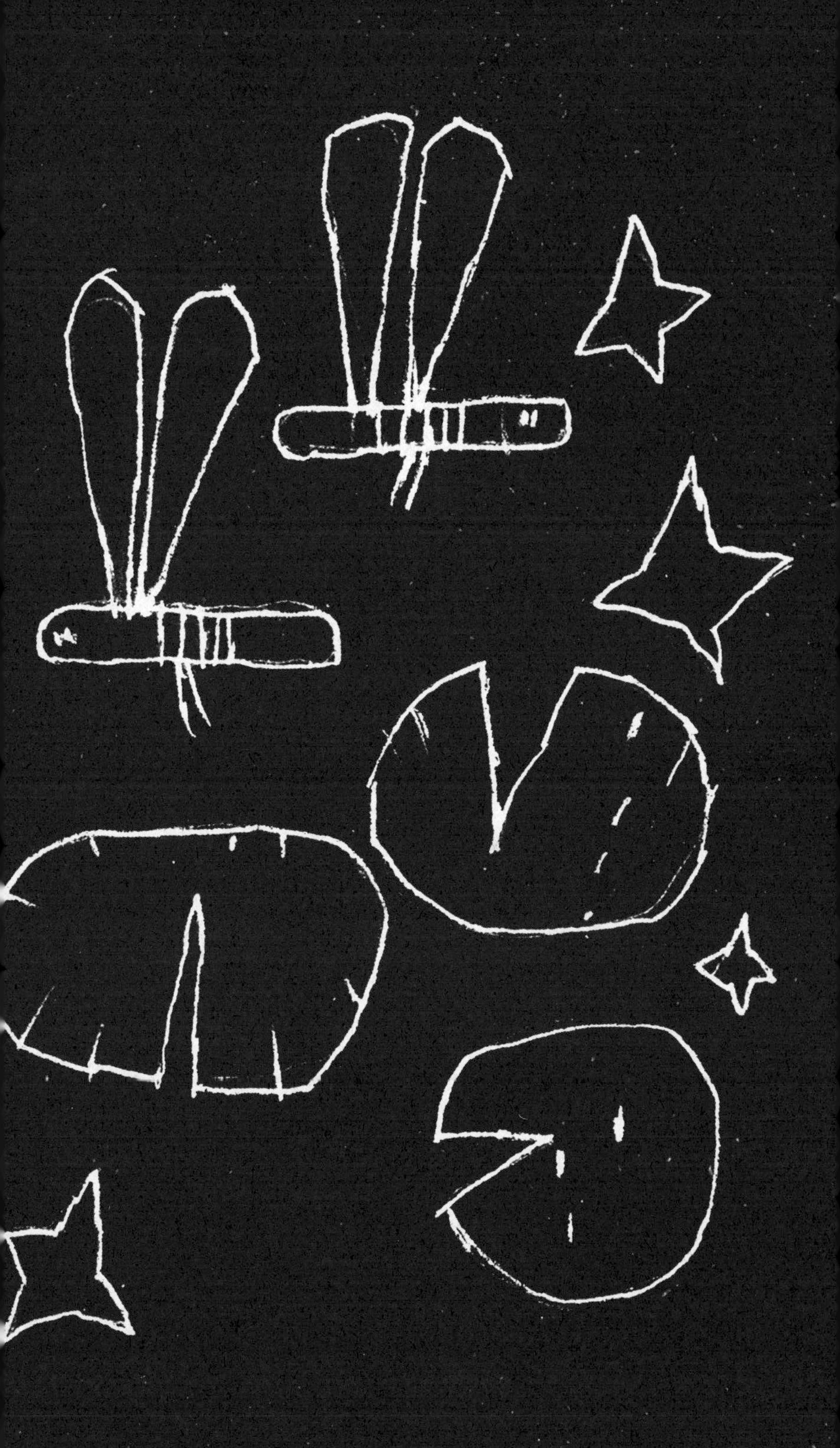

los ojos cerrados! El viento vive al otro lado de los cerros. Ahí tiene su casa. Y cada mañana se levanta riéndose, porque él es muy alegre...

—Sí, eso ya me lo dijiste.

—Y entonces empieza su trabajo, que es recorrer el mundo para hacer que la gente se ría con él. Y le gusta meterse entre los bosques, porque ahí se ríe más...

—Por las ramas de los árboles, ¿verdad?

—¡Exacto, abuela! ¡A él le gusta que le hagan cosquillas!

—¿Y cómo es la voz del viento?

—La voz del viento es transparente. Suena igual que una campana de hielo...

—¡Me encanta, Vicente!

—Veo tantas cosas cuando cierro los ojos.

—Sí, con los ojos cerrados se ve mucho más que con los ojos abiertos.

—¡¿Y por qué nadie me había contado esto antes, abuela?!

—Porque no todo el mundo lo sabe —contestó ella en un susurro—. Para eso estamos las abuelas. Sobre todo las que estamos locas.

—¿Por qué dices eso?

—¿Acaso no es eso lo que todos piensan de mí, que estoy loca?

—¿Ya puedo abrir los ojos?

—No. No todavía, no hagas trampa. ¿Tú piensas que estoy loca, Vicente?

—Un poquito.

—Qué bueno.

—¿Te gusta estar loca?

—Digamos que no me gustaría ser igual a las otras abuelas. A mí me divierten otras cosas...

—Como pintarte un lunar en la cara.

—¡Exacto! O sentarme a pensar de qué color es la alegría.

—La alegría es roja, abuela.

—¡Roja!

—Sí, roja como un corazón que late más rápido de pura felicidad.

—¿Quieres que te diga algo más, Vicente?

—Sí.

—Tú también estás un poco loco.

—¿Lo dices en serio?

—Sí. Es lo más serio que he dicho en mi vida. Y ya puedes abrir los ojos.

Cap. Ocho

Esa noche se me hizo muy tarde pensando en que mi abuela tenía la culpa de todo. Sí, ¡de todo! De que yo me pasara el día entero deseando que las clases se acabaran pronto para correr a su casa, y sentarme con ella en el pasto a jugar con las palabras. Tenía la culpa, además, de que en mi cuarto se empezaran a acumular libros, los mismos que devoraba con entusiasmo antes de quedarme dormido. Y, lo más importante de todo, era la responsable de que cada vez que mis compañeros se comenzaban a reír de mí o me molestaban porque no salía a jugar al futbol con ellos durante los recreos, yo cerrara los ojos para irme lejos, tan lejos que nada ni nadie podía alcanzarme.

TAL COMO ELLA ME ENSEÑÓ.

Tenía claro que mi abuela era la culpable de muchas cosas. De todo, o de casi todo.

Lo que no tenía claro es si eso la hacía una buena o mala abuela.

Me hago muchas preguntas, lo sé. Pero así somos los nerds...

La tarde que me enseñó a ver el mundo con los ojos cerrados, nos **pasamos largas horas** en su jardín. Al terminar de platicar, recuerdo que levanté los párpados luego de tenerlos mucho tiempo apretados, tal como ella me lo ordenó. La luz del sol, que entró de un solo golpe a mis pupilas, me dejó ciego unos instantes, igual que cuando uno enciende una linterna en mitad de la noche y se apunta directo a la cara.

Durante varios segundos lo único que vi fueron **puntitos de colores bailando** encima de un intenso color blanco.

Pero de repente, en medio de toda esa claridad, se formó una mancha un poco más oscura que poco a poco fue definiéndose, hasta que se distinguió perfectamente del fondo. Por un segundo pensé que esta vez sí era Darth Vader quien estaba frente a mí. Pero no, era mi abuela, la

loca, con su casco idéntico y me tranquilicé. Un redondo y negro lunar, pintado sobre el labio superior, me hizo un guiño de complicidad.

—Sí, Vicente —dijo mi abuela Petunia con una enorme sonrisa—, **tú también estás un poco loco**. Y precisamente por eso me caes bien.

No recuerdo muy bien lo que sucedió después. Han pasado muchos años desde ese día. Pero si no me equivoco, mi abuela me abrazó con fuerza. Contra mi nariz sentí su clásico perfume a flores, madera y frutas que siempre se echaba por las mañanas y que le duraba todo el día. Yo también me apreté a su cuerpo, dejándole saber que estaba **MUY FELIZ** de haber compartido esa tarde con ella en el jardín, y que jugar con las palabras se había convertido en algo muy, muy importante.

Lo más importante de mi vida, tal vez.

No me arrepiento de haber permitido que ese día mi abuela me viera llorar de alegría. Me alegro de haberlo hecho. No pude evitar que los ojos se me inundaran al saber que tenía la mejor abuela del mundo, la más **especial y única**. La más loca y maravillosa. Y que estaba ahí, a mi lado, tan emocionada como yo.

Sí, valieron la pena esas lágrimas. Sobre todo porque ésa fue la última vez que salimos juntos al jardín a mirar los árboles, las nubes, las flores y el sol.

La última, aunque yo no lo sabía entonces.

Después, todo cambió.

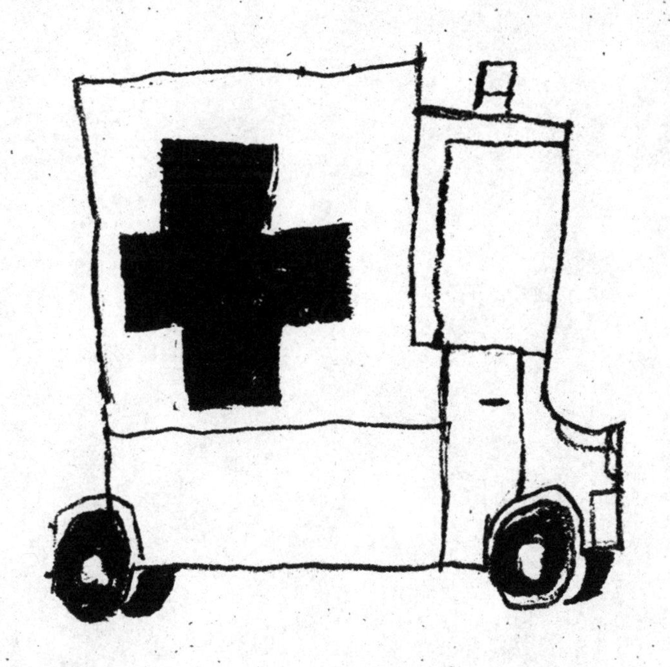

Cap. Nueve

Mi abuela enfermó al poco tiempo. La tristeza fue tan pero tan grande, que el dolor me dura hasta el día de hoy.

Cap. Diez

El hospital al que llevaron a mi abuela tenía el mismo olor que la caja metálica donde mi mamá guardaba las medicinas. Era una vieja caja de galletas que alguien me regaló en una Navidad. Después de comerme todas las obleas, mi madre la recogió del suelo, donde quedó abandonada entre los restos de las envolturas de los regalos, la lavó por dentro y por fuera, la pintó de blanco y le dibujó una

cruz roja en el centro de la tapa. Cada vez que la abría, el mismo olor a enfermedad se escapaba de su interior. Era una mezcla entre el metal algo oxidado del fondo, el **JARABE PARA LA TOS** que se suponía que sabía a fresas pero más bien parecía vino podrido y el desinfectante con el que me limpiaban las heridas de las rodillas cuando me caía de la bicicleta.

Siempre odié el olor de esa caja.

Por eso, apenas entré al **hospital**, no pude seguir caminando.

—Vicente, vamos —rogó mi padre con un gesto de profundo cansancio.

Pero no me moví. Me quedé mirando hacia el final

del largo corredor que teníamos enfrente, uno de paredes verdes donde se amontonaban varias sillas de ruedas, un par de camillas y algunas personas que daban vueltas en silencio, mirando el suelo o quizá las puntas de sus zapatos. Tristes. **Todos tan tristes** como mi padre y yo.

—¿Qué tiene mi abuela? —murmuré.

—Mejor pregúntale a tu mamá. Ven. Ella está arriba, esperándonos —contestó mi papá, y me empujó hacia delante con una pequeña palmada en la espalda.

El cuarto de mi abuela era más grande de lo que imaginé. Además de la cama donde ella estaba con los ojos cerrados y **CONECTADA A UN SUERO,** conté un par de sillas, una mesa donde alguien dejó una charola con comida ya fría, una ventana con las cortinas cerradas y un vaso grande lleno de flores.

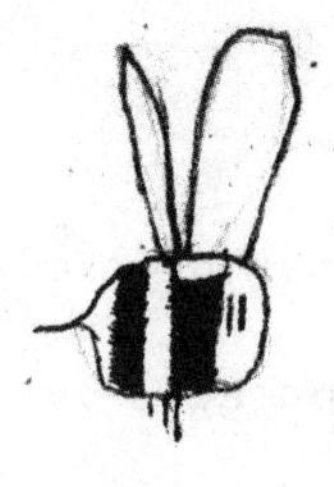

—¿Quién trajo esas flores? —dije espantado apenas crucé la puerta.

—Yo —respondió mi mamá, que se levantó al verme.

—Esas flores no le gustan a la abuela.

—¿No? ¿Y cómo lo sabes?

—Porque le gustan las **flores que sonríen** y que saben cerrar un ojo, como las que ella tiene en su jardín —exclamé.

Mis padres se miraron entre ellos por unos segundos y luego me miraron a mí. No sé si estaban

esperando que yo siguiera hablando pero, como nadie se movió de su lugar, tomé las flores y las fui a **ESCONDER DENTRO DEL BAÑO**. No quería que mi abuela las viera cuando despertara.

—Deben de estar muertos de hambre —se lamentó mi madre—. Con las prisas, no alcancé a cocinar...

—Bueno, podemos bajar a la cafetería —sugirió mi papá y, cuando pensó que nadie lo veía, se relamió con disimulo ante un **sándwich imaginario**.

—Bajen ustedes. Yo prefiero quedarme aquí con ella —dijo mi mamá.

—No —intervine—. No tengo hambre.

—Que Vicente se quede entonces con doña Petunia —mi padre solucionó las cosas y avanzó hacia la puerta.

Mi mamá se quedó unos instantes en silencio. Suspiró hondo, se encogió de hombros y se acercó a mí. Me acarició el cabello y me dio un beso en la frente.

—**CUÍDALA** —susurró en mi oreja—. Cuídala como ella te ha cuidado a ti.

Y salió.

Yo me senté junto a la cama y dejé mi mochila en el suelo. Iba a sacar del interior el libro que tenía que leer para el colegio, para así aprovechar y estudiar un rato, cuando mi abuela se movió entre las sábanas. Abrió los ojos y se volteó hacia mí.

—¿Es idea mía o alguien me trajo de regalo unas flores que no sonríen? —preguntó.

Yo negué con la cabeza y rogué para que a mi abuela no se le ocurriera levantarse al baño.

—Qué bueno. No soportaría estar vestida así, en esta habitación tan fea y rodeada de flores que no me dan alegría —**rezongó**.

—¿Qué tienes, abuela? —dije y, por más que traté, la voz me salió llena de tristeza.

Mi abuela, la loca, estiró el cuello y alzó la vista hacia el techo del cuarto, como si allá arriba estuvieran las palabras que necesitaba elegir para responderme. Intentó acomodarse el pelo, que no lucía tan firme y mol-

CUÍDALA COMO ELLA HA CUIDADO DE TI.

deado como siempre, seguramente por la falta de fijador. Al darse cuenta de que no iba a poder peinarlo como quería, decidió no seguir insistiendo. Entonces se llevó una mano a la boca y palpó su piel.

—¡Vicente, **un espejo**! ¡Apúrate!

Corrí hacia una de las sillas del cuarto donde habían dejado un bolso con algunos de sus artículos personales. Del interior saqué una polvera que ella me arrebató con urgencia de las manos.

—¡Mi lunar! ¡**QUÉ HORROR**, nadie me lo pintó! —se lamentó con dramatismo—. Una cosa es estar hospitalizada y otra muy distinta es dejarse morir en vida. Ni tu abuelo me vio nunca sin mi lunar. ¡Rápido, mi estuche de maquillaje!

Me dio la orden de vigilar la puerta y no dejar entrar a nadie, ni siquiera al médico de turno, mientras ella no terminara con su **ritual de belleza**. Humedeció con la punta de la lengua aquel viejo y pequeño lápiz parecido a un pincel y, cuando iba a apoyarlo sobre su piel, detuvo el movimiento.

—Primero tengo que decidir cómo estoy —murmuró—. ¿Alegre? ¿Triste? ¿Enojada?

¿CON GANAS DE ESCRIBIR?

Y me miró, como esperando que yo respondiera sus preguntas.

—Parece que alguien necesita más ayuda que yo —comentó—. Ven aquí, Vicente.

Cuando me acerqué a la cama, me tomó por uno de los brazos y me atrajo aún más hacia ella.

—No quiero caras tristes —me advirtió—. ¡Nunca me han gustado!

—Sí, abuela.

—¿Tú sabes lo qué significa cuando me pinto el lunar a la derecha del labio superior?

—Significa que estás **contenta**.

—¡Precisamente!

Y sin darme tiempo a decir algo, apoyó el lápiz sobre mi piel. Con un rápido giro dejó estampado un **perfecto círculo negro** bajo mi nariz.

—Ya está. Ahora a sonreír, Vicente. ¡No se puede desobedecer a un lunar!

—Pero nunca me dijiste qué te pasa, abuela.

—Eso no importa. Uno no pregunta cosas tristes cuando tiene un lunar a la derecha del labio superior.

—¿Y entonces qué hacemos ahora?

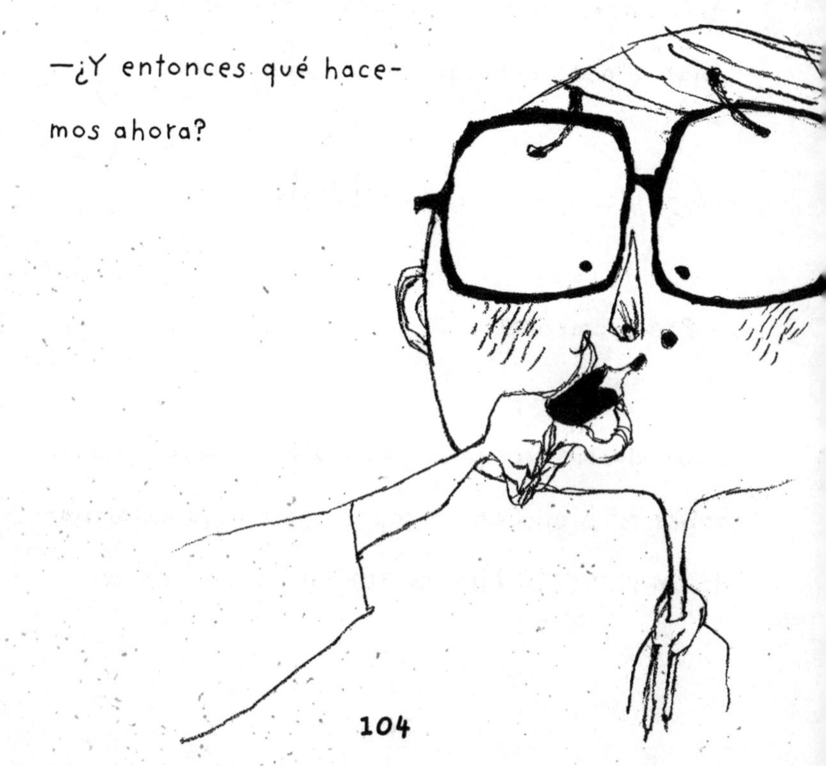

—¿Cómo que qué hacemos? ¡Jugar a las palabras, mijito! Abre las cortinas —me ordenó.

Corrí hacia la ventana y, de un brusco movimiento, separé la tela que bloqueaba la luz del sol. Y junto con un **luminoso rayo** amarillo que le dio en plena cara a mi abuela, entraron también mariposas que escapaban de las carcajadas del viento y aplaudían en pleno vuelo, flores que sonreían **DE OREJA A OREJA** y árboles que nos saludaban con sus largos brazos llenos de hojas verdes.

Ahí estaban los amigos de siempre, digamos. Nadie faltó.

Apenas entré esa mañana, vi el cartel de grandes letras rojas pegado en uno de los muros de la escuela:

De inmediato supe que tenía que participar. Por ella. Para darle por fin el premio que nunca se ganó.

Lo único que me faltaba era un poema.

Pero eso tenía solución: como diría mi abuela, era cosa de cerrar los ojos y empezar a jugar con las palabras.

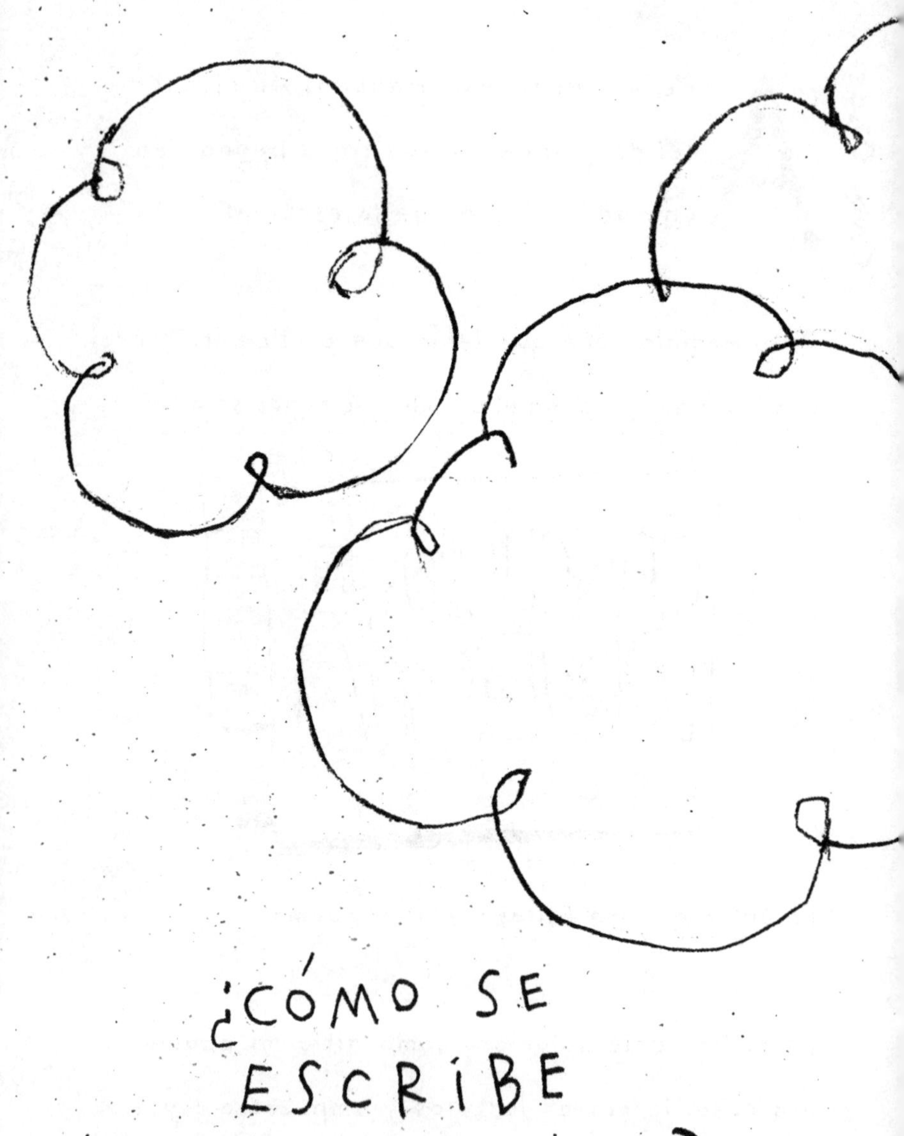

¿CÓMO SE
ESCRIBE
UN POEMA?

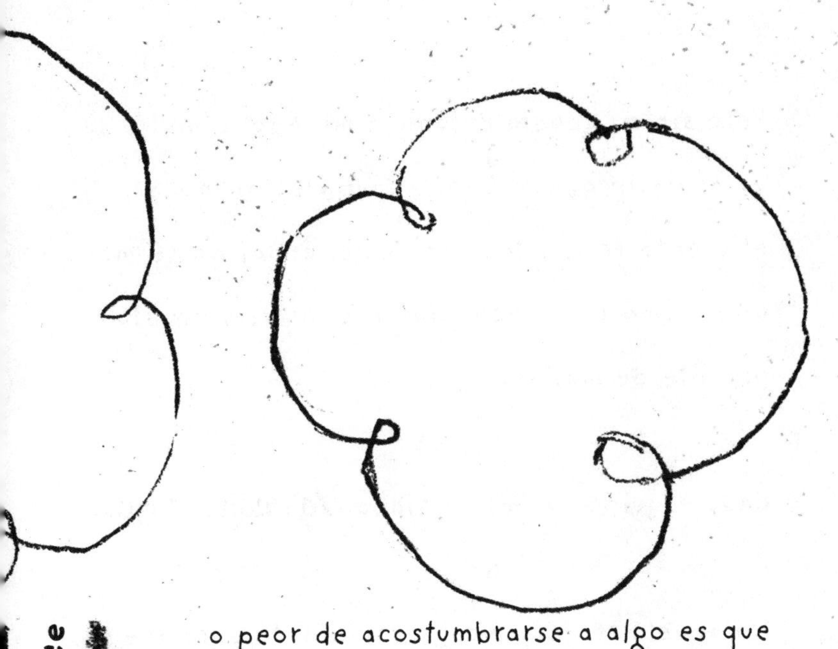

Cap. Doce

Lo peor de acostumbrarse a algo es que cuando las cosas cambian sin aviso uno se queda como perdido durante un tiempo, sin saber qué hacer. Eso fue lo que me pasó cuando regresé a casa de mi abuela mientras ella aún seguía en el hospital. Necesitaba escribir un poema para el concurso de mi colegio, y no se me ocurrió un mejor lugar para sentarme a pensar que el jardín donde solíamos jugar a las palabras.

Pero sin mi abuela Petunia a mi lado, el patio se veía distinto: las flores no parecían gozar, ni el viento reír, y las ramas del árbol no se movían como los brazos de un enorme y amistoso gigante de madera.

Cada esquina me la recordaba. **Ya nada era igual.**

Mi abuela tenía que regresar pronto para que su casa entera recuperara la alegría.

Me recosté sobre el pasto y dejé que mis ojos se pasearan por las **NUBES GRISES** que comenzaban a cubrir el cielo. ¿Cómo se escribe un poema? ¿Por dónde se empieza?

—¡Dime, abuela, ¿qué hago?! —grité. Pero todo siguió en absoluto silencio.

Frustrado porque no había nadie a mi lado que me pudiera responder, cerré los ojos para ver si así mi corazón me decía algo. Esperé. Y esperé un poco más. Pero no, no tuvo caso. **Nada llegó a mi mente**. Por más que hice el intento, no conseguí ni siquiera una sola idea para inventar un verso.

La verdad, sólo me importaban dos cosas: cuándo se iba a recuperar mi abuela, y por qué nadie me había dicho qué enfermedad tenía.

Un lejano rugido se oyó a lo lejos. Como aún tenía los ojos cerrados, tardé unos segundos en darme cuenta de que se trataba de un trueno. A los pocos segundos se escuchó otro. Y otro más. Pude sentir, a través del uniforme escolar, un **FRÍO DE INVIERNO** que me hizo tiritar, pero decidí que no me iba a meter a la casa. Claro que no. No iba a dejar que nada me hiciera renunciar a mi importante tarea. Tenía que conseguir escribir un poema que me hiciera **ganar ese concurso.** Así iba a poder regalarle a mi abuela el diploma, o la medalla, o la copa de oro, o lo que fuera el primer premio. No me costó nada imaginarme sus ojos cargados de emoción y orgullo cuando me viera entrar al cuarto del hospital con el **trofeo** en las manos. Seguramente aplaudiría con entusiasmo, sin preocuparse de la aguja del suero enterrada en su brazo, o de las recomen-

daciones de las enfermeras para que no alborotara mucho en la cama. De inmediato se pintaría su lunar sobre el labio, en el lugar de la alegría. Y para **celebrar** con ella, yo también me pintaría un lunar. Y dejaríamos entrar la luz del sol para que festejara con nosotros. Y esa inesperada felicidad iba a provocar que mi abuela se mejorara para siempre, sin que ningún médico del mundo pudiera explicar su **repentino alivio**.

—¡Es un milagro! —dirían todos llenos de emoción.

Pero no, no se trataría de **UN MILAGRO**. Sería simplemente la felicidad de saber que su nieto favorito le había hecho caso a cada una de sus enseñanzas y había conseguido por fin lo que ella siempre soñó.

Mi abuela. Mi querida abuela, la loca.

Un nuevo trueno me hizo dar un salto sobre el pasto. Entonces descubrí que tenía las mejillas mojadas. ¿Habría comenzado a llover sin que me diera cuenta? ¿O eran acaso lágrimas de tristeza por no poder compartir ese momento con la responsable de que mi vida hubiera cambiado? No quise abrir los ojos. ¿Para qué? Nada a mi alrededor me interesaba. Sólo quería pensar y escribir un poema. **El mejor poema del mundo.**

Me sequé a manotazos el agua que humedecía mi rostro, pero al instante lo volví a sentir mojado. Al parecer la lluvia era cada vez más fuerte, o mis lágrimas iban en aumento. O tal vez el cielo sollozaba de tristeza porque, al igual que yo, se sentía solo y abandonado por el viento, que ya no venía a reírse con él como antes. O quizá extrañaba el vuelo de los papalotes que competían con las mariposas por ver quién llegaba más alto y más cerca del sol.

No, ya nada era igual.

Nada.

(AIRES DE DESOLACIÓN)

Entonces se me ocurrió una idea: le escribiría a mi abuela lo mucho que su patio la extrañaba. El pasto no susurraba su nombre. Las nubes lloraban su ausencia. El color azul se había ido lejos y, en su lugar, había dejado allá arriba un desabrido gris que sólo provocaba más **nostalgia**. El enorme árbol lucía desanimado y sus hojas eran como bocas verdes a punto de hacer un puchero.

Con las palabras a punto de escapar por la punta de mis dedos, saqué un cuaderno de mi mochila y lo abrí en una página en blanco. **"EL JARDÍN QUE LLORA"**, anoté a toda velocidad. Decidí que ése iba a ser el título. Y seguí escribiendo el resto de la tarde, sin darme cuenta del paso del tiempo. Al caer la noche, había terminado el mejor poema del mundo.

Cap. Trece

Pero no, el mío no fue el mejor poema del mundo.

De hecho, resultó ser un pésimo poema. Porque no gané ni el primero, ni el segundo ni el tercer lugar.

No gané nada y ya sé por qué: no me pinté el lunar al lado izquierdo del mentón, bajo el labio inferior, donde correspondía.

¡Cómo se me pudo olvidar!

Cap. Catorce

¿Estás triste, Vicente?

—Sí, mucho.

—¿Por qué?

—¡Porque quería ganar ese concurso de poesía, abuela!

—¿Y para qué?

—Para regalarte el trofeo.

—¡Yo no necesito trofeos!

—Pero si siempre quisiste ganar un premio con un poema...

—¿Yo?

—Sí. Cada vez que terminabas de escribir decías: "Con estos versos sí me gano un premio" —la enfrenté—. ¿Acaso no te acuerdas de que me lo confesaste?

—Qué buena memoria tienes, muchachito. Muy bien, ¿quieres saber la verdad? —preguntó en voz baja—. Fue una mentira. **Sí, una mentira**. ¡Y no me mires con esa cara, Vicente, que no hice nada malo!

—¿Cómo que no? ¡Mi propia abuela me mintió! ¡Eso tiene que ser muy malo!

—No, no es malo. Bueno, sí, un poco. Pero lo hice a propósito. Para probarte.

—¿A mí?

—Siempre supe que eras distinto, Vicente. Que eras un niño especial. **UN NIÑO ÚNICO**. Y estaba segura de que con el tiempo ibas a seguirme los pasos.

—No entiendo nada, abuela.

—Es muy simple: al decirte que yo quería ganar un concurso, **TE SEMBRÉ LA IDEA EN LA CABEZA** —confesó—. No te diste ni cuenta y comenzaste a escribir cada tarde en mi casa. Por eso lo hice. Para conseguir que te hicieras un verdadero escritor.

—Pero si lo que hacíamos cada tarde en tu casa era hablar, abuela. Jugar con las palabras —la corregí.

—Eso también es escribir. Un poeta no sólo escribe con lápices, mijito. Un poeta escribe con los ojos, con la voz, con los oídos...

—Ay, abuela...

—¡Sí! Eso hiciste tú al inventar "El jardín que llora". Escribiste con los ojos, con tu voz, con tus oídos, con las manos, con el olfato... ¡Usaste todos los sentidos, como un verdadero poeta! Y por eso, sólo por eso, para mí eres **EL GANADOR.**

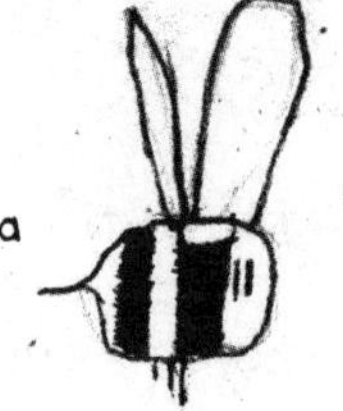

—¿Entonces no te importa que haya perdido?

—¡Claro que no! Ya te dije que no estoy triste. Al contrario. Ya cumplí mi misión, Vicente. Ya puedo irme en paz.

—¿A dónde te vas?

—A alguna parte, supongo. Por eso me puse mi sombrero con la pluma verde. Tú sabes que siempre lo uso cuando salgo de casa.

—¿Pero a dónde vas?

—No lo sé. ¿Tal vez detrás de las nubes?

—Eso es lejos.

—Sí. Muy lejos. A ver, dime, **¿QUÉ HAY DETRÁS DE LAS NUBES?**

—Ahí se esconden todos los globos que se han ido volando al cielo.

—¡Qué bien! Entonces me voy a ir a jugar con esos globos perdidos.

—¿Puedo acompañarte, abuela?

—No. Tú tienes mucho que escribir todavía.

—No se me ocurre de qué escribir.

—¿Te acuerdas de la libreta que te regalé?

—Sí.

—¿Aún la tienes?

—Sí. Guardada en un cajón de mi escritorio.

—Perfecto. Quiero que ahí anotes **todo lo que se te ocurra**. Lo que te llame la atención. Todos los pensamientos que se crucen por tu mente. ¿Está claro?

—¿Y puedo escribir sobre tu lunar falso?

—¡Me encanta esa idea!

—Voy a inventar algo que se llame "Mi abuela, la loca" **en honor a ti**.

—¡Qué emoción, mijito! —exclamó—. Nada me haría más feliz. Así no me olvidarás nunca.

—Nunca me voy a olvidar de ti, abuela.

—Eso me deja mucho más tranquila. Bueno, ahora sí me puedo ir en paz.

—¿Te vas por culpa de tu enfermedad?

—Me voy porque todos nos tenemos que ir en algún momento. Por eso es tan importante **hacer siempre lo que nos gusta hacer**. Para que cuando nos toque irnos, nos vayamos contentos. Y satisfechos.

—No te vayas todavía.

—No, mijito, sin lágrimas. Esto no es una despedida. Escribe. Escribe mucho. Y cada vez que escribas, voy a estar ahí, a tu lado, leyendo por encima de tu hombro.

—¡No te vayas, abuela!

—Y píntate un lunar en la cara cuando no se te ocurra nada. ¡A mí esa **TÁCTICA** nunca me falló!

—Abuela...

—Aquí, encima del labio cuando estés alegre —indicó—. Y abajo en el mentón cuando estés buscando inspiración... ¡Que no se te olvide!

—No quiero que te vayas... —me lamenté.

—"Mi abuela, la loca". ¡Me encanta el título! —abrió los brazos, **como si quisiera tocar las palabras que salían de su boca**—. Y cuando lo termines, quiero que me lo dediques a mí... y a mi lunar. ¿Está claro?

—Abuela, por favor... —sollocé.

—No se te vaya a olvidar, Vicente. Lo voy a estar esperando allá arriba, con los globos escondidos detrás de las nubes.

—¡Abuela...!

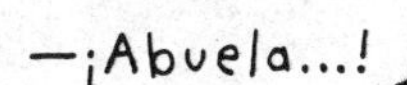

—Vicente...

—¡Abuela, no...!

—Vicente... ¡Vicente, abre los ojos!

Cap. Quince

¡Vicente, abre los ojos!

Ya no era la voz de mi abuela. Era la voz de mi madre, de pie junto a mí.

—¡Vicente, despierta! —ordenó.

Me senté en la cama y me pasé la mano por la cara, tratando de quitarme el sueño de encima. Miré hacia la ventana de mi cuarto, que seguía **tan oscura** como cuando me dormí. ¿Qué hora era?

—Vístete. Nos vamos al hospital —dijo mi mamá en un susurro. Tenía la boca sin color, como siempre se le pone cuando algo le preocupa.

—¿Qué pasó?

—No te tardes. Tu papá está esperándonos en el coche.

—¿Qué pasó? —insistí.

—**TU ABUELA**... —fue lo único que dijo antes de ponerse a llorar.

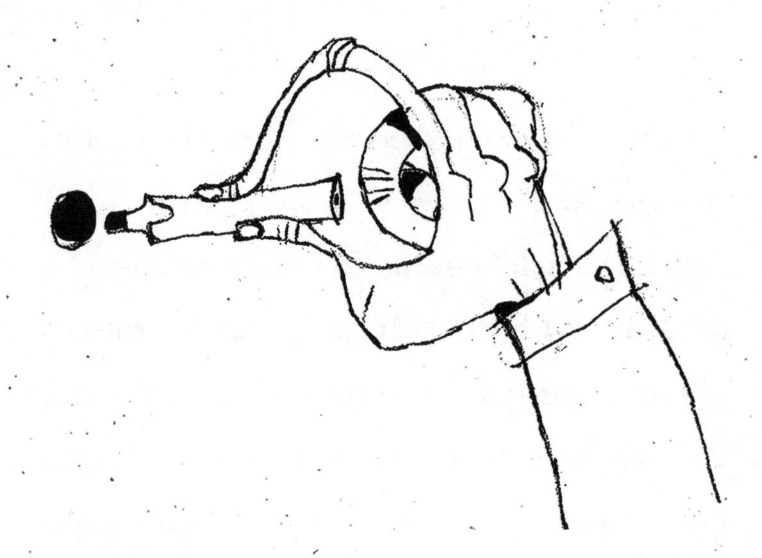

Cap. Dieciséis

Me llamo Vicente Castillo, tengo 58 años, y he publicado muchos libros. Algunos son muy buenos y otros no tanto. Varios de ellos han ganado premios importantes y otros apenas alcanzaron a estar un tiempo en las vitrinas de las librerías antes de desaparecer sin que a nadie le importara.

Es muy probable que conozcan alguna de mis obras, porque cientos de alumnos de diferentes escuelas han tenido que estudiarlas como lectura obligatoria. Lamento mucho si les dieron una mala calificación con un libro de mi autoría. Yo sólo deseaba que se entretuvieran y **pasaran un buen rato imaginando mundos** y personajes que no existen en la vida real, sino únicamente en la imaginación. Muchas gracias por escucharme y por los aplausos que me dedican. Para mí ha sido un verdadero placer conversar con ustedes y compartir durante estas horas una parte de mi vida. Siempre que me invitan a algún evento como éste, para hablar de libros, de **POESÍA** o de mi abuela, acepto de inmediato. Porque me gusta hablar de cosas que me dan alegría. Además, contar las aventuras de mi abuela Petunia me da la sensación de que **ella sigue viva** aquí, a mi lado, aunque hayan pasado tantos años desde el día de su funeral.

¿Cómo? ¿Que cómo fue su funeral? Triste, claro. Pero también debo ser honesto: no fue tan doloroso como imaginé que sería. Ella misma me había contado que se iba a ir detrás de las nubes a seguir inventando poemas. Y yo pienso que uno nunca puede estar mal si vive en una **nube entibiada por el sol**.

Recuerdo la misa como si hubiera ocurrido ayer. La iglesia estaba llena de familiares y flores. Y a pesar de que estábamos en un velatorio, todas las flores que rodeaban el ataúd sonreían. Sí, todas. Tal como le gustaba a mi abuela. Yo me senté al frente, acompañado por mis padres, que me tenían tomado por ambas manos. Tal vez pensaban que me querría ir, o que podía hacer algo que los avergonzara frente al resto de mis tíos y primos. Pero no. Me quedé tranquilo mirando la madera del féretro que brillaba a causa de la luz que entraba por las ventanas. Era una **luz dorada, como las carcajadas** de los gorriones. Porque descubrí que los gorriones se ríen en diferentes tonos de dorado, por si no lo saben. También averigüé que con el paso del tiempo a las olas del mar les duele la espalda de tanto doblarse y estirarse sobre la arena. Y que a cada gota de lluvia le enseñan una **NOTA MUSICAL ESPECIAL** antes de lanzarse fuera de la nube, para que la vayan cantando a todo volumen en su caída a la tierra.

¿Que cómo aprendí todo eso? Adivinen gracias a quién fue. Sí, sin temor a equivocarme puedo decirles que mi abuela tuvo la culpa de que yo descubriera todas

las cosas importantes de la vida.

Estoy seguro de que hoy en día soy lo que soy gracias a ella.

¿Y qué soy? Soy solamente una persona que ve mejor **el mundo con los ojos cerrados**. Y que con el paso de los años aprendió a jugar tan bien con las palabras, que esa habilidad se convirtió en su profesión.

Bueno, voy a contestar una última pregunta porque ya no quiero entretenerlos.

Sí, una pregunta más...

¿Que cuál es mi libro preferido de entre todos los que he escrito? Ésa es una pregunta muy interesante de responder porque para mí la contestación es **muy simple**. Ese libro se llama *Mi abuela, la loca*. De hecho, lo escribí no hace mucho tiempo. Un día desperté con ese título en la mente, seguro porque debo de haber soñado con él. Yo casi nunca me acuerdo de mis sueños, pero las **mejores ideas** se me ocurren **APENAS ABRO LOS OJOS** en la mañana. Y ese día no fue distinto. Me senté en la cama con esas cuatro palabras dando vueltas al interior de mi cabeza.

Cuatro simples palabras: mi-abuela-la-loca.

"¡Me encanta el título!"

Desde el pasado me llegó la voz de mi abuela. La misma que escuché por última vez la noche que fue a despedirse de mí.

"Y cuando lo termines, quiero que me lo dediques a mí... y a mi lunar. ¿Está claro? No se te vaya a olvidar, Vicente. Lo voy a estar esperando allá arriba."

Como saben, todos los nerds somos disciplinados. Porque **para eso somos nerds**, claro. Para poder hacer muchas cosas, y todas al mismo tiempo. Entonces, obedeciendo la orden de mi abuela, esa mañana tan especial me levanté de un salto y cancelé todas las cosas que debía hacer. Me encerré en mi oficina dispuesto a trabajar durante muchas horas. Abrí uno de los cajones de mi escritorio y saqué del interior una hermosa libreta de tapas verdes y páginas cuadriculadas...

Sí: la misma libreta que ella me regaló muchos, muchos años atrás. Y la misma libreta que yo había guardado celosamente en espera de encontrar una buena razón que justificara usarla.

Tomé un marcador de tinta negra y me pinté un lunar en el **LADO IZQUIERDO DEL MENTÓN**, como ella me enseñó. Después de tanto tiempo de práctica, no necesito ni mirarme en un espejo para poder hacerlo. Apoyo la punta sobre mi piel, hago un rápido movimiento con la mano y...

"Ya está. Ahora a escribir, Vicente.
¡No se puede desobedecer a un lunar!"

Claro, es tradición que un redondo y falso lunar adorne mi cara cada vez que inicio un nuevo trabajo.

No necesité pensar mucho para lanzarme a escribir. Bastó que cerrara los ojos unos breves instantes para que toda la inspiración brotara al interior de mi cabeza, y fluyera hacia la punta de los dedos. Dejé que el lápiz corriera veloz sobre la primera página, redactando lo que se convertiría unos meses después en ese nuevo libro.

¿Cómo...? ¿Que cómo son las primeras líneas de esa historia? ¿Las quieren escuchar? No hay problema: me las sé de memoria.

Aquí van, dedicadas a ustedes y con todo mi cariño: "*Mi abuela tiene la culpa de todo. Sí, ¡de todo! Porque siempre hay alguien culpable de que uno haga lo que hace, ¿cierto? O de que a uno le guste eso que tanto le gusta.*

O de que a uno no le guste eso que nunca le ha gustado. Bueno, pues en mi caso la responsable de todo es mi abuela. ¿Y por qué? Sencillamente, porque mi abuela está loca".

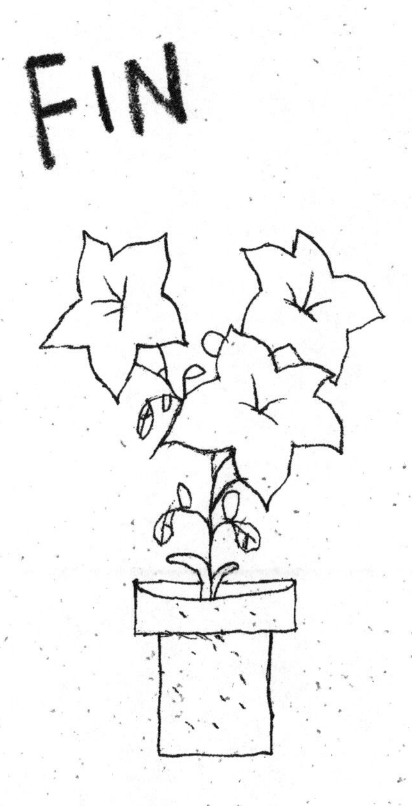

Mi abuela, la loca, de José Ignacio Valenzuela
se terminó de imprimir en abril de 2015 en
Impresora Tauro S.A. de C.V.
Av. Plutarco Elías Calles 396, Col. Los Reyes
México, D.F.